D1287563

El ingenioso hidalgo
don Quijote de la Mancha

**MONTAÑA
ENCANTADA**

Versión dramática libre de
Eladio de Pablo

Ilustrado por José Pérez Montero

El ingenioso hidalgo
don Quijote de la Mancha

EVEREST

Dirección Editorial: Raquel López Varela
Coordinación Editorial: Ana María García Alonso
　　　　　　　　　　　　Esteban González
Coordinador de Teatro: José Cañas
Maquetación: Cristina A. Rejas Manzanera

Diseño de cubierta: Jesús Cruz

© Eladio de Pablo
© EDITORIAL EVEREST, S. A.
Carretera León-La Coruña, km 5 - LEÓN
ISBN: 84-241-1619-4
Depósito legal: LE. 542-2005
Printed in Spain - Impreso en España

EDITORIAL EVERGRÁFICAS, S. L.
Carretera León-La Coruña, km 5
LEÓN (España)
Atención al cliente: 902 123 400
www.everest.es

A mis sobrinos Diego, Irene, Beatriz, Luis y Julia.

CUADRO PRIMERO

✳ ● ✳ ● ✳

Aposento de Alonso Quijano. En una pared, estanterías llenas de libros. Libros por todas partes, sobre la cama, sobre atriles, por el suelo, en torres de dudoso equilibrio. Libros de todos los tamaños, algunos descomunales. Alonso Quijano, cincuenta años, flaco y seco, los ojos febriles y el gesto enfático, va de uno a otro libro en lectura apasionada y aspaventosa.

DON QUIJOTE:

(*Hablándole al libro que está leyendo*) ¡Tened cuidado, valiente Caballero de la Ardiente Espada, que a vuestras espaldas dos cobardes gigantes quieren daros la muerte! (*Don Quijote corta el aire de la habitación con una imaginaria espada, dando mandobles a derecha e izquierda*) ¡Así, de un solo tajo, y con mi inestimable ayuda, quedan partidos por la mitad estos malvados gigantones! ¡Bien se merece esta hazaña en premio el imperio de Trapisonda! (*Leyendo en otro libro*) Y vos Amadís de Gaula, (*leyendo en otro libro*) y vos, Tirante el Blanco, caballeros valerosos, no dejéis jamás de luchar, que en el mundo sobran peligros, batallas, desafíos, guerras, conflictos, daños y encantamientos. ¡Ah! El mundo precisa de mi brazo y mi valor. Pues bien: hasta aquí es llegado Alonso Quijano, el de la vida pacífica y retirada, y aquí, recién parido por mi voluntad, nazco don Quijote, caballero andante, y llevaré el sobrenombre de don Quijote de la Mancha. ¡Mundo, no desesperes, que enseguida acudo en tu auxilio! Don Quijote de la Mancha toma en sus manos la empresa de volver el mal en bien, lo torcido derecho, lo dañado sano y lo caído levantado... *(Coge un pequeño libro y lo acaricia amorosamente. Alza los ojos al cielo)* Y vos, emperatriz de la belleza y de mi corazón, hermosísima Aldonza, a quien desde hoy bautizo como Dulcinea del Toboso, sabed que cuantas *fazañas faga* este humilde servidor vuestro serán a mayor gloria de vuestro nombre y en prueba del amor sin límite que os profeso.

Escucha ruido y se refugia en la cama tras un librote enorme que le tapa casi por completo. Entra la sobrina con aperos de limpieza y mucho remango. Es una moza prieta de carnes y suelta de lengua.

SOBRINA:

Oh, aquí se está vuestra merced, enterrado en libros, con la color que más parecéis hecho de pasta de papiro que de carne humana. Pues ya ni sólido ni líquido entra por boca de vuestra merced, sino que con los ojos y con todos los sentidos bebe los vientos de tanto caballero andante como pulula por estos libracos que Dios condene. Que le han sorbido el seso sin dejar gota de juicio sano en ese cerebro seco. *(Golpea con la escoba algunos libros que están por el suelo)*

DON QUIJOTE:

¡Alto ahí, rezongadora! ¡No oses maltratar ni a uno solo de mis libros, o probarás la dureza de mi enojo sobre tus espaldas!

SOBRINA:

¡Bah! Con su pan se coma sus libracos. O mejor, procure no ser comido por ellos, como ya le comen las horas todas del día y de la noche. Que temo llegue el día en que no se le halle en la tierra de los vivos, sino perdido en una de esas historias que le traen a mal traer, como náufrago en lo hondo de un lago de mentiras.

DON QUIJOTE:

¿Mentiras dices? ¿Mentiras mis libros? ¡Verdad, verdad pura! ¡Pero qué has de saber tú distinguir verdades de falsedades!

SOBRINA:

¡Lleva razón mi señor tío! Y ahora mismo dudo si es mentira que os he limpiado el cuarto o es verdad que os lo he dejado como una patena. Y así, en la duda, voyme a reflexionar a la cocina delante de un buen tazón de caldo, que es mano de santo para tales filosofías. (*Y sale sin haber hecho –¿o la hizo?– su labor*)

CUADRO SEGUNDO

✳ ● ✳ ● ✳

Dos mozas ociosas a la puerta de una venta o posada.

MOLINERA:
Mira, Tolosa, lo que por allí viene.

TOLOSA:
Por mi madre, ¿qué figura es aquella?

MOLINERA:
Tal parece fantasma o esperpento salido de los mismísimos infiernos.

TOLOSA:
Mira cómo se tambalea sobre el caballo, que poco falta para dar con toda la cacharrería que lleva en los duros suelos.

MOLINERA:
¿Caballo llamas a ese rocín escuálido que, a cada paso, parece que va a quebrarse en pedazos, del peso de la armadura de su dueño?

TOLOSA:

¡Ja, ja, ja! Señor porquero, recoja a sus cerdos enseguida, no se los vaya a espantar semejante espantapájaros.

PORQUERO:

Sí haré, que son muy sensibles mis animalicos y podría su carne malearse con tan horripilante visión.

Hace sonar el cuerno y se va en busca de su piara. Al tiempo entra en escena sobre Rocinante don Quijote, quien al oír el cuerno creerá encontrarse a las puertas de un famoso castillo.

DON QUIJOTE:

La vista no me engañó. Castillo debe ser éste donde podré esta noche recogerme. *(Alzando al cielo los ojos)* ¡Oh tú, sabio encantador, que has de escribir la historia de mis aventuras de caballero andante, ruégote que no te olvides de mi buen Rocinante, compañero mío eterno en todos los caminos! ¡Y vos, princesa Dulcinea del Toboso, señora de mi corazón, acordaos de este caballero que os ama y que no aparecerá ante vuestra altísima presencia hasta no haber dejado por el mundo justa fama de su valor!

MOLINERA:

¿Qué dice o qué murmura? ¿Tú lo entiendes?

TOLOSA:

Algo menos que a los cerdos del señor porquero.

MOLINERA:

A los cerdos bien creo que puedes entender, pues tu olor dice a las claras que eres su hermana.

TOLOSA:

Hermana de las cabras serás tú y la madre que te parió.

MOLINERA:

¿Cabra mi madre?

TOLOSA:

¡Y tu padre cabrito!

MOLINERA:

¡Ven acá, señora pendeja, y probarás el sabor de mis pezuñas!

Corren la una tras la otra, cuando les habla don Quijote, y se paran asombradas.

DON QUIJOTE:

No huyan vuestras mercedes, ni teman de mí ningún daño, pues la orden de Caballería que profeso prohíbe hacer mal a nadie, mucho menos a tan dignas y altas doncellas.

MOLINERA:

(Procurando no ser oída por don Quijote, muerta de risa) ¿No te digo? Éste te ha conocido el linaje a la primera. ¡Por la Marquesa del Gorrinazgo te ha tomado!

TOLOSA:

¡Y a ti por la Duquesa de Cuernicabra! *(Ríen las dos)*

DON QUIJOTE:

(Ofendido) Señoras, no está bien corresponder con chanzas y burlas a quien, como caballero, sólo desea serviros.

Arrecian las risas de las mozas. Sube el enojo de don Quijote. Llega a tiempo el ventero, hombre gordo, flemático y un tanto burlón.

VENTERO:

Señor caballero, sed bienvenido a esta posada, donde podéis disponer de todo cuanto hay en ella, excepto de lecho, pues ninguno tenemos.

DON QUIJOTE:

Para mí, señor castellano, cualquier cosa basta, que, como caballero andante, mi descanso es pelear.

VENTERO:

Según eso, las camas de vuestra merced serán duras peñas, y su dormir siempre velar. En tal caso, se puede bien apear del caballo, que aquí tendrá ocasión de no dormir en todo un año. *(A las mozas)* ¡Ea, ayudad al caballero a desmontar y a desherrarse!

Obedecen las mozas. Le quitan el peto y el espaldar de la armadura. Pero no pueden quitarle la celada, atada

con nudos muy toscos y fuertes. Al fin, ellas desisten.
Y allí habla don Quijote para asombro de todos.

DON QUIJOTE:
Nunca fuera caballero
De damas tan bien servido
Como fuera don Quijote
Cuando de su aldea vino:
Doncellas cuidaban de él;
Princesas, de su rocino,
o Rocinante, que éste es el nombre, señoras,
de mi caballo, y don Quijote de la Mancha el mío.

MOLINERA:
¿Quiere vuestra merced comer algo?

DON QUIJOTE:
Cualquier cosa será buena para mí.

TOLOSA:
Abadejo tenemos hoy.

DON QUIJOTE:
Muchos abadejos juntos bien pueden hacer un abad, y así podré yo hacer una santa digestión. *(Las mozas no entienden la gracia del caballero)* Mas sea lo que sea, he de comerlo, que el trabajo y peso de las armas no se puede llevar sin el gobierno de las tripas.

Traen de comer al caballero, pero, a cada intento de darle un bocado, se cae la visera de la celada sobre la mano que lleva el alimento a la boca. Le ayudan entre risas. A la hora de beber le ponen un jarrillo en la visera, derramándole todo el líquido por el pecho. El ventero trae una paja con la que llevar la bebida a la boca de don Quijote. Finalizada la cómica manduca, don Quijote, bruscamente, se echa de rodillas a los pies del ventero.

DON QUIJOTE:

No me levantaré jamás de donde estoy, valeroso señor, hasta no ser armado caballero por vuestra generosa mano.

VENTERO:

Er… Si ése es el deseo de vuestra merced, eso ha de hacerse.

DON QUIJOTE:

Gracias os doy, señor, por ello. Esta noche velaré mis armas en la capilla de este vuestro castillo, y mañana me habréis de armar caballero, para cumplir mi deseo de ir yo por las cuatro partes del mundo corriendo aventuras, haciendo justicia a los débiles y a las doncellas necesitadas.

VENTERO:

Así habéis de hacer, que también yo, en mi mocedad, corrí de la justicia y fui débil con las doncellas necesitadas, a quienes atendí como se merecían. *(Da un cachete disimulado en el trasero a la Tolosa. Risas de las mozas)* Capilla no tenemos, por estar en obras. Mas aquí mismo podéis velar las armas a vuestro gusto. A la mañana se harán las debidas ceremonias y quedaréis armado caballero.

Hace señas a las mozas para que despejen el lugar y dejen solo a don Quijote quien, tras colocar sus armas sobre el pozo, pasea en círculos alrededor del mismo, lanza en ristre. Llega en esto un arriero con intención de dar agua a sus bestias, y, al ver las armas de don Quijote sobre el pozo, las retira.

DON QUIJOTE:

¡Eh, tú, quienquiera que seas, que, atrevido, llegas a tocar las armas del más valeroso caballero andante que jamás se ciñó espada! ¡Mira lo que haces, si no quieres dejar la vida por tu atrevimiento!

El arriero, sin hacer el menor caso, arroja las armas lejos del pozo.

DON QUIJOTE:

¡Oh, señora mía, Dulcinea, ved cómo responde vuestro amante caballero a la primera ofensa que se le hace!

Arrea un golpe con su lanza al arriero, dejándolo inconsciente. Vuelve a colocar las armas donde estaban y a custodiarlas como antes, como si nada hubiera acontecido. Otro arriero llega y hace la misma operación que el anterior.

DON QUIJOTE:

De sabios es escarmentar en cabeza ajena, pero veo que vos queréis poner a prueba la vuestra. (*Y le abre la cabeza de un lanzazo*)

ARRIERO:

¡Ay, ay, socorro, ayuda, que me ha descerebrado este loco, que muerto soy!

Acuden las gentes de la venta. Voces, gritos, algarabía.

VOCES:

¿Qué pasa?/ ¿Qué sucede?/ Es el Damián, que yace por el suelo descalabrado./ Y el Tristanico, con la cabeza hecha fuente de sangre./ ¡Cosa es del loco aquel, que ha dado con ellos en tierra!/ ¿No es ese quien dice dormir en lecho de duras peñas?/ ¡Pues démosle el descanso que merece! (*Todos cogen piedras del suelo*)

DON QUIJOTE:

¡Oh dulcísima Dulcinea, éste es el momento en que tu grandeza vea cómo se hace la mía en tan grande aventura que estoy haciendo!

Llueven las piedras sobre don Quijote, quien, echando mano de su adarga o escudo, se protege a sí mismo y a sus armas como puede.

VENTERO:

¡Alto! ¡Teneos! ¡Quietos he dicho! ¡Acábese aquí la riña y todo el mundo a recogerse, cada mochuelo a su olivo, que bastantes quebraderos de cabeza hemos tenido por hoy! *(A don Quijote)* Y vos, disculpad a estas gentes llanas e ignorantes que nada saben de Caballerías, si no es de mulas y de asnos. Y, en cuanto al velar las armas, acabado es el plazo y conviene que seáis armado caballero sin tardanza. A ver, mozo, trae el libro. Y vosotras, *(a las mozas)* un cabo de vela para que pueda leer la fórmula ceremonial por la que este caballero lo sea por los siglos de los siglos, amén.

MOZO:

¿Qué libro decís?

VENTERO:

¿Qué libro ha de ser, zopenco? El de apuntar la paja y la cebada de los arrieros. ¿Acaso conoces más libro que ese en esta casa? *(A don Quijote)* Y vos, arrodillaos. *(Llega el mozo con el libro)* ¡Ejem! *(Murmura palabras ininteligibles y da un fuerte cachete a don Quijote en el cuello y, luego, con la espada, el espaldarazo en el hombro, siempre murmurando)* Arrobarum cebadarum cavalierum acemilorum, pecatus pecatarum, miserere cabaliere lerelere, pim pam pum fuerarum. *(A la Tolosa)* Ceñidle la espada. *(La moza lo hace) (A la molinera)* Ponedle las espuelas. *(La moza lo hace)* Dios haga de vuestra merced muy venturoso caballero, amén. ¿Traéis dineros con que pagar nuestros servicios?

DON QUIJOTE:

Nunca leí en las historias de los caballeros andantes que trajesen dineros o cosa semejante.

VENTERO:

Señor, será porque los autores de esas historias no ven necesario escribir una cosa tan clara. Pero no sólo dineros ha de llevar un caballero andante, sino camisas para mudas y ungüentos mágicos para curar las heridas que recibe. Y todas estas cosas, más lo necesario para comer en el camino, quien suele llevarlas en las alforjas de su cabalgadura es el escudero, complemento necesario de todo caballero andante. Así que seguid mi consejo y procuraos un escudero digno de vos y que se ocupe de las cosas bajas y ruines en las que vuestros altos pensamientos no pueden ni deben reparar.

DON QUIJOTE:

Así lo haré según me decís, nobilísimo señor, a quien quedo eternamente agradecido.

TODOS:

Amén.

DON QUIJOTE:

Mas antes de partir, una cosa quiero solicitar de los presentes.

VENTERO:

Diga el señor caballero.

DON QUIJOTE:

Que confiesen todos que no hay en el mundo doncella más hermosa que la emperatriz de la Mancha, la sin par Dulcinea del Toboso.

UN ARRIERO:

(Burlón) Señor, nosotros no conocemos a esa señora que decís; mostrádnosla, y si ella es tan hermosa como proclamáis, con gusto confesaremos y aun comulgaremos.

DON QUIJOTE:

Si os la mostrara, ¿qué hicierais vosotros en confesar una verdad tan clara? La importancia está en que sin verla lo habéis de creer, confesar, afirmar, jurar y defender; y si no, conmigo sois en batalla.

OTRO ARRIERO:

Pero, señor, ved aquí *(por la Tolosa y la molinera)* a las emperatrices de la Alcarria y de Extremadura. Sería ofenderlas jurar lo que pedís, si antes no nos mostráis un retrato de vuestra Filistea del Seboso; que juraremos y perjuraremos su belleza sin par, aunque sea tuerta y jorobada y tenga legañas en los ojos y le mane de las narices un torrente de mocos. *(Risas generales)*

DON QUIJOTE:

¡No le mana, canalla infame, no le mana, y no es tuerta ni jorobada! ¡Y aquí vas a pagar tu blasfemia contra la incomparable belleza de mi señora!

Echa don Quijote mano a su espada. Pero se traba y cae a tierra, lo que todos aprovechan para arrojarle cosas y darle de palos y reírse y armar bulla y danza a su alrededor. Don Quijote, magullado por los golpes, no consigue levantarse. Se van todos entre risas y chanzas.

DON QUIJOTE:

¡No huyáis, gente cobarde, que, si no fuera por el encantamiento que me impide ponerme en pie, probaríais el hierro de mi espada!

CUADRO TERCERO

✳ ● ✳ ● ✳

Días más tarde. Campo de la Mancha.
Don Quijote y Sancho Panza, su escudero, cabalgan
perezosamente por la llanura. Amanece en lontananza.

SANCHO:
Y no tiene que olvidársele a vuestra merced la ínsula que me tiene prometida; que yo la sabré gobernar, por grande que sea.

DON QUIJOTE:
No sufras, Sancho, que puede que antes de seis
días gane yo varios reinos y te corone rey de uno
de ellos.

SANCHO:
De modo que si yo soy rey, Teresa Panza, mi mujer, será reina.

DON QUIJOTE:
¿Quién lo duda?

SANCHO:

Yo lo dudo, que aunque lloviese Dios reinos sobre la tierra, ninguno le asentaría bien a mi Teresa, que no tiene ni esto así de reina. Condesa le caerá mejor, y aun eso dudo.

DON QUIJOTE:

(Alzándose sobre el caballo) La ventura va guiando nuestros pasos mejor de lo que esperaba. Mira allí, amigo Sancho, treinta o más desaforados gigantes, a quienes pienso quitarles las vidas, y con cuyos despojos empezaremos a enriquecer.

SANCHO:

¿Qué gigantes?

DON QUIJOTE:

Aquellos que allí ves de los brazos largos, que los suelen tener algunos de casi dos leguas.

SANCHO:

Mire vuestra merced que aquellos no son gigantes, sino molinos de viento, y lo que en ellos parecen brazos son las aspas.

DON QUIJOTE:

Bien se ve que no estás cursado en esto de las aventuras; ellos son gigantes, y si tienes miedo, quítate de ahí.

SANCHO:

¡Pero, mire vuestra merced...! ¡Señor, que...!

DON QUIJOTE:

(Lanzándose al galope contra los imaginados gigantes) ¡No huyáis, cobardes y viles monstruos, que un solo caballero es el que os acomete! *(Clava la lanza en una de la aspas y es levantado por los aires y arrojado violentamente al suelo)*

SANCHO:

¡Válgame Dios! ¿No le dije a vuestra merced que mirase bien lo que hacía, que no eran sino molinos de viento?

DON QUIJOTE:

Calla, amigo Sancho. Esto es obra de mi enemigo el mago Frestón, que ha vuelto los gigantes en molinos, para quitarme la gloria de vencerlos. Pero yo te digo, Sancho, que han de poder poco sus malas artes contra el acero de mi espada.

SANCHO:

(Ayudándole a subir al caballo) ¿Estáis muy dolorido, señor?

DON QUIJOTE:

No está permitido a los caballeros andantes quejarse de herida alguna, aunque se les salgan las tripas por ella.

SANCHO:

¿También los escuderos deben hacer lo mismo? Porque yo, señor, he de quejarme del más pequeño dolor que sienta.

DON QUIJOTE:

Como escudero bien puedes quejarte a tus anchas, Sancho. Mas lo que no debes hacer nunca, ni aunque me veas en el mayor peligro, es echar mano a tu espada para defenderme, salvo que mis ofensores fuesen canalla y gente baja; pero si fuesen caballeros, de ninguna manera te está permitido por las leyes de caballería que me ayudes, hasta que seas armado caballero.

SANCHO:

Descuide vuestra merced, que será muy bien obedecido en esto; y más, que yo soy pacífico y enemigo de meterme en riñas ni pendencias.

DON QUIJOTE:

(Oteando el horizonte) O yo me engaño, o ésta ha de ser la más famosa aventura que se ha visto; por-

que aquellos que por allí vienen deben ser encantadores que llevan cautiva a alguna princesa.

SANCHO:

No parece, señor, sino que son frailes de san Benito y el coche debe de ser de gente viajera. Mire que digo que mire bien lo que hace, no sea que el diablo le engañe.

DON QUIJOTE:

Te digo, Sancho, que sabes poco de aventuras. Lo que yo te digo es verdad, y ahora lo verás. *(A los que vienen de camino)* Encantadores o diablos, soltad al momento las princesas que lleváis forzadas; si no, preparaos para recibir la muerte.

FRAILE:

Señor, no somos diablos, sino frailes de san Benito, y no sabemos si en el coche vienen o no princesas raptadas.

DON QUIJOTE:

No tratéis de engañarme, que yo sé lo que es y lo que no es. *(Ataca con su lanza al fraile, que se deja caer de su montura antes de ser atravesado. Visto lo cual, Sancho se lanza sobre el fraile y comienza a quitarle los hábitos. Se acercan a ellos dos mozos)*

MOZO 1:

¿Por qué le robas al fraile sus ropas?

SANCHO:

No es robo, es la parte que me corresponde en el botín de esta aventura de mi amo.

MOZO 2:

¿Y por qué llevar la parte si te puedes llevar todo?

SANCHO:

¿Todo?

MOZO 1:

Sí, esto y esto y esto y esto. *(Y con cada "esto" le dan los mozos a Sancho puñetazos y patadas hasta dejarle casi sin sentido)*

DON QUIJOTE:

(Junto al carruaje) Hermosísima señora, sois libre. Mi poderoso brazo ha dejado por tierra a vuestros secuestradores. Sabed que vuestro libertador es don Quijote de la Mancha, caballero andante y aventurero, enamorado de la sin par Dulcinea del Toboso.

Un vizcaíno que escolta a la señora se acerca y grita a don Quijote en su mal castellano.

VIZCAÍNO:

Anda, caballero que mal andes; por el Dios que crióme, que si no dejas coche, así mato como está aquí vizcaíno.

Don Quijote:

Si fueras caballero, que no lo eres, te daría tu merecido; pero yo no peleo con gente baja y soez.

Vizcaíno:

¿Yo no caballero? ¿Yo no caballero? Lanza arroja y espada saca y verás si caballero estoy desde antepasados y de parte a parte no te atravieso, pues.

Don Quijote:

Ver veremos, dijo un ciego.

Entablan batalla. El vizcaíno asesta un golpe a don Quijote que le lleva media celada y un pedazo de oreja. Don Quijote devuelve el golpe y derriba al vizcaíno. Se llega a él y le pone la espada en la garganta.

Señora:

(Desde el carruaje) Señor, os pido perdón para mi criado por atreverse a alzar su espada contra caballero tan valeroso como vos.

Don Quijote:

Sea, pues lo pide vuestra hermosura. Con una condición: que este caballero me prometa ir al Toboso y presentarse de mi parte ante la sin par Dulcinea, y ponerse a su servicio para lo que ella mande.

Señora:

Se hará tal como pedís.

DON QUIJOTE:

Id pues con Dios, señora.

Se aleja carruaje y comitiva. Sancho llega junto a su amo.

SANCHO:

Dadme ahora, señor, el gobierno de la ínsula que en esta batalla se ha ganado; que, por grande que sea, yo me siento con fuerzas de saberla gobernar como el mejor gobernador de ínsulas del mundo.

DON QUIJOTE:

No son éstas, Sancho, aventuras de ínsulas, sino de encrucijadas, en las cuales no se gana otra cosa que sacar rota la cabeza, o una oreja menos.

SANCHO:

Es cierto, señor, que el maldito vizcaíno os ha rebanado una oreja, y no traemos medicinas apropiadas con que curaros.

DON QUIJOTE:

No tendríamos necesidad de medicinas si yo me recordara de la receta para hacer el bálsamo de Fierabrás.

SANCHO:

¿Qué bálsamo es ése?

DON QUIJOTE:

Uno con el que no hay que temer ni a la muerte. Y, cuando yo lo haga y te lo dé, lo que debes hacer cuando veas que en alguna batalla me han partido por la mitad del cuerpo, con mucho cuidado juntas la dos partes antes de que la sangre se enfríe, procurando encajarlas muy bien y con justeza. Luego me darás a beber sólo dos tragos del bálsamo, y me verás quedar más sano que una manzana.

SANCHO:

Pues si esto es así, yo renuncio desde aquí al gobierno de la prometida ínsula, y no quiero otra cosa en pago de mis servicios sino que vuestra merced me dé la receta de ese bálsamo del Feo Blas. Que, a dos reales la onza, no necesito yo más para pasar esta vida como un rey.

DON QUIJOTE:

Con menos de tres reales se pueden hacer hasta seis litros.

SANCHO:

¡Pecador de mí! ¡Hasta seis litros! ¿Pues qué aguarda vuestra merced para hacerle y enseñármele?

DON QUIJOTE:

Calla, amigo Sancho, que mayores secretos pienso enseñarte, y mayores favores hacerte. Y, por ahora, mira de curarme como sea esta herida de la oreja, que duele más de lo que desearía. Mas, *(viendo su celada rota al quitársela)* ¿qué es lo que ahora veo? Aquel vizcaíno que Dios condene ha destrozado mi preciosa celada. *(Apenadísimo)* No seré completo caballero hasta que no tenga una nueva.

SANCHO:

Eso no os preocupe, mi amo, que fácil será encontrarnos a pocas leguas de aquí legiones de caballeros a los que partir por la mitad de un solo golpe de vuestra espada. Entonces tendréis cientos de celadas donde escoger la que más os plazca.

DON QUIJOTE:

Dices bien, Sancho amigo, y puede incluso que conquiste el mismísimo yelmo del moro Mambrino, que hace invencible al que lo lleva.

SANCHO:

(Dando ánimos) ¡El de Malvino, y el de Buenmosto, y el de Pirante, y el de Alucinante, y el de todos los que a vuestra merced se le antoje!

DON QUIJOTE:

Según parece, has leído alguna historia de caballeros andantes, pues citas sus nombres. Dime, Sancho, ¿hay alguno que supere en valor y fuerza a tu amo?

SANCHO:

La verdad es, señor, que yo no he leído ninguna historia jamás, porque ni sé leer ni escribir; pero puedo jurar que un amo más atrevido que vuestra merced yo no le he servido en todos los días de mi vida.

DON QUIJOTE:

Bien está, Sancho. Y ahora mira si traes algo en esas alforjas para que comamos.

SANCHO:

Aquí sólo traigo algo de queso, cebolla y mendrugos de pan, que no son manjares dignos de caballero como vos.

DON QUIJOTE:

Cómo se conoce que no has leído las historias de los caballeros andantes, donde se dice que éstos pasan a veces sin comer un mes, y, aparte de algunos banquetes que les hacían, se alimentaban de frutos silvestres y pobres alimentos como los que tú llevas.

SANCHO:

Perdóneme vuestra merced que no conozca las reglas de la profesión caballeresca. Pero de aquí adelante yo llenaré las alforjas con todo género de frutos secos para vuestra merced, que es caballero, y para mí, pues no lo soy, de otras cosas de más sabor y sustancia.

DON QUIJOTE:

Ea, comamos, pues.

Corta Sancho el queso y el pan,
y da una pequeña parte para su amo, reservándose
para sí el resto. Se zampa de un solo bocado
don Quijote la minúscula porción que Sancho

le diera, y, mientras éste mastica
a dos carrillos, se queda
mirándolo.

DON QUIJOTE:

Has de saber, Sancho, que en los tiempos antiguos hubo una edad, que llamaron Dorada, y no porque en ella el oro, que tanto se estima en nuestro tiempo, se alcanzase sin esfuerzo alguno, sino porque entonces los que en ella vivían ignoraban estas dos palabras de *tuyo* y *mío*. Todo era paz entonces, todo amistad y todo concordia.

Sancho cesa un momento de comer.
Mira a su amo y mira el queso y el pan que tiene
entre manos. Parte un buen trozo de ambos
y se los da a su amo, que sonríe.
Comen los dos ahora en buena compaña
y hermandad.

CUADRO CUARTO

✳ ● ✳ ● ✳

Siguen su camino Sancho y don Quijote.
Éste trae sobre la cabeza un extraño y dorado objeto,
que Sancho mira de cuando en cuando, disimulando
la risa que le produce su vista.

DON QUIJOTE:

¿Qué son esas risas escondidas, Sancho?

SANCHO:

(Que no puede más, sujetándose el vientre) Nada,
señor, nada… Ju, ju, ju… ¡Ay, ay, que me descoso!
¡Perdone vuestra merced, pero jamás había visto
llevar tan guapamente a la cabeza una bacía de
barbero!

DON QUIJOTE:

Te digo, Sancho, que ésta no es bacía, sino el yelmo de Mambrino.

SANCHO:

Pues digo yo que el tal Marino debía tener una descomunal cabeza, viendo cómo se pierde la vuestra dentro de... la cosa ésa.

DON QUIJOTE:

El caballero al que arrebaté este yelmo también lo llevaba a la cabeza.

SANCHO:

Por protegerse del sol, señor, que la bacía de barbero, además de para quitabarbas, sirve para quitasol.

DON QUIJOTE:

No blasfemes, Sancho. Yelmo es de Mambrino, de quien dice la fama que era grande de miembros y debía de tener la cabeza en proporción con ellos.

SANCHO:

Y un hambre no menos grande debía de tener, señor, pues de un bocado se ha llevado una parte, que es aquella que en las bacías se usa para meter el cuello del que va a afeitarse.

DON QUIJOTE:

No, Sancho. Lo que tal vez ocurrió es que este famoso yelmo encantado cayó en manos de algún necio que, al ver que era de oro purísimo, fundió una mitad para aprovecharse del precio, y de la otra mitad hizo ésta que parece bacía de barbero, como tú dices.

SANCHO:

Según eso, señor, lo que vos lleváis a la cabeza ni es bacía ni yelmo, sino cosa entreverada.

DON QUIJOTE:

¿Entreverada dices, Sancho?

SANCHO:

Sí, mi amo. Ni bacía ni yelmo, sino baciyelmo. Y aquí se acaba la disputa.

DON QUIJOTE:

Ja, ja, ja, que me has hecho reír, buen Sancho, con tu gracioso razonamiento.

SANCHO:

Ja, ja, ja, dejad, señor, entonces que me ría de vuestro gracioso sombrero.

DON QUIJOTE:

Por cierto, Sancho, ¿traes contigo el bálsamo de Fierabrás que preparé en la posada?

SANCHO:

(Palmeándose el costado) Aquí, señor, le llevo, dándole todo mi calor, como espero que él me dé el suyo el día de mañana.

DON QUIJOTE:

(Oteando el horizonte con excitación) ¡Ah, Sancho! ¡Éste va a ser el día en que haré obras que quedarán escritas en el libro de la Fama por los siglos de

los siglos! ¿Ves aquella polvareda que allí se levanta, Sancho? Pues un numerosísimo ejército es que viene hacia aquí.

SANCHO:

Entonces, deben de ser dos ejércitos, porque en esa otra parte se levanta otra polvareda semejante.

DON QUIJOTE:

En efecto, Sancho. Éste que viene por nuestro frente lo guía el gran emperador Alifanfarón, señor de la gran isla de Trapobana; el que viene a nuestras espaldas es el de su enemigo, Pentapolín del Arremangado Brazo.

SANCHO:

¿Y qué hemos de hacer nosotros, señor?

DON QUIJOTE:

Ayudar a los débiles y desvalidos, buen Sancho. Ahora estáte atento y mira, que te quiero enseñar los caballeros más principales que en estos dos ejércitos vienen. Mira, aquel que allí ves es el valeroso Laurcalco, señor de la Puente de Plata; aquel otro es el temido Micolembo, gran duque de Quirocia; aquel otro…

SANCHO:

Señor, debe de ser cosa de encantamiento, pero yo no veo ninguno de esos caballeros ni ejércitos que decís.

DON QUIJOTE:

¿Cómo, Sancho? ¿No oyes el relinchar de los caballos, el tocar de los clarines, el tronar de los tambores?

SANCHO:

No oigo otra cosa sino muchos balidos de ovejas y carneros.

DON QUIJOTE:

El miedo que tienes te hace, Sancho, que ni veas ni oigas a derechas. Y si tanto miedo tienes, apártate y déjame solo, que me basto solo para hacer victorioso al ejército al que yo ayude.

SANCHO:

¡Vuélvase vuestra merced, señor don Quijote; que voto a Dios que son carneros y ovejas lo que va a embestir! ¡Vuélvase, desdichado del padre que me engendró! ¿Qué locura es ésta? ¡Mire que no hay ejército, ni caballeros, ni tambores, ni clarines! ¿Qué es lo que hace? ¡Desdichado, desdichado de mí!

DON QUIJOTE:

(Arremetiendo contra las ovejas, ensartándolas con su lanza) ¿Adónde estás, Alifanfarón? Vente a mí, que un solo caballero soy que desea medir contigo su valor.

Una lluvia de piedras lanzadas por los pastores de las ovejas y carneros alcanza en el pecho,

en el rostro y en otras partes del cuerpo a don Quijote,
derribándolo del caballo. Llegan varios pastores,
que, al ver en el suelo al caballero, y dándolo
por muerto, azuzan el ganado, llevándose
a hombros las reses muertas.

PASTORES:

¡Muerto es el loco!/ ¡Huyamos de aquí!/ ¡Ea, ea, oveja, uo, uo!/ ¡A escape, antes que la justicia llegue!/ ¡Vamos, vamos, aprisa!

SANCHO:

(Llegándose a don Quijote, que se queja malherido) ¿No le decía yo, señor don Quijote, que se volviese, que los que iba a acometer no eran ejércitos, sino manadas de carneros?

DON QUIJOTE:

Esto es cosa del mago enemigo mío, que, por envidia de mi gloria, ha vuelto los escuadrones de enemigos en manadas de ovejas. ¡Ah!

SANCHO:

Señor, ¿estáis malherido?

DON QUIJOTE:

No te importe, Sancho. Dame un trago del bálsamo que llevas entre tus ropas y verás cómo al punto me restablezco de mis heridas como si nada hubiera pasado.

SANCHO:

Aquí tenéis, mi señor don Quijote. *(Don Quijote bebe un par de sorbos. Sancho le observa atentamente)* ¿Os sentís ya mejor?

DON QUIJOTE:

Aguarda, Sancho, a que el bálsamo haga su efecto, y verás cómo me vuelven a la quijada las muelas que me saltaron los golpes que recibí, que creo me dejaron la boca totalmente huérfana.

SANCHO:

¿Las muelas devolverá el bálsamo a vuestra boca?

DON QUIJOTE:

Eso y más. Y, si no crees, observa por ti mismo, hombre de poca fe. *(Abre la boca cuanto puede y Sancho casi llega a meter las narices en ella. Don Quijote contrae el rostro y, tras violento espasmo, vomita a Sancho encima)*

SANCHO:

Ah, ah, ah, que no sólo las muelas, sino las tripas le ha devuelto el maldito bálsamo del Feo Blas. Ah, ah, ah… *(Sancho sufre un espasmo de asco y, a su vez, vomita sobre su señor)*

DON QUIJOTE:

¿Qué haces, Sancho?

SANCHO:

Nada, señor, que creo que su bálsamo quiere arrebatarme a mí las muelas para devolvérselas a vuestra merced.

DON QUIJOTE:

Pues si no las muelas, al menos el ánimo sí que me ha vuelto al cuerpo. Siento que el vigor regresa a mis miembros. Pongámonos en camino, amigo Sancho. No tardará en anochecer y deberemos buscar acomodo para pasar la noche.

Sancho ayuda a montar a su señor, que,
a pesar de lo dicho, se resiente de los golpes
y queda ladeado sobre su montura. Cabalgan ambos
un rato en silencio, mientras la noche comienza
a tender su manto de sombra sobre la llanura.

SANCHO:

¿Puedo deciros algo, señor?

DON QUIJOTE:

Habla, Sancho.

SANCHO:

Os vengo mirando y verdaderamente tiene vuestra merced la más mala figura que he visto en mucho tiempo. El que os viera desdentado y torcido sobre Rocinante no dudaría en llamaros el Caballero de la Triste Figura.

DON QUIJOTE:

Me agrada el sobrenombre, Sancho. Que todo caballero andante lo tiene, y de ahora en adelante yo

me haré llamar el Caballero de la Triste Figura, y
así quedará escrito en la historia de mis hazañas.

La noche los ha envuelto completamente.
Comienzan a oír un extraño y temible ruido, como
pisadas de gigante que hacen estremecer la tierra.

DON QUIJOTE:
¿Oyes, Sancho?

SANCHO:
(Temblando de miedo) Sí, mi amo. Llamada de los
infiernos parece.

DON QUIJOTE:
¿Tiemblas, Sancho?

SANCHO:
No, mi señor, es el mundo que se agita y se mueve
y cruje, y como yo estoy encima de él...

DON QUIJOTE:
Ah, Sancho, yo detendré la fiera que hace temblar
el suelo. Yo voy a oscurecer con mi fama la de todos los caballeros andantes que me precedieron.
Aprieta bien las cinchas a Rocinante, quédate aquí,
y espérame hasta tres días no más. Y si al tercer día
no volviese, puedes tú volver a nuestra aldea, y
desde allí irás al Toboso para decirle a mi señora
Dulcinea que su amante caballero murió por
afrontar peligros que le hiciesen digno de ella.

SANCHO:

(Poniéndose de rodillas) Señor, no acometáis esta peligrosa aventura, os lo suplico. Ahora es de noche, nadie nos ve; podemos irnos, y pues no hay quien nos vea, nadie puede tacharnos de cobardes. Piense vuestra merced que, en cuanto se aparte de mí, yo me moriré de miedo. Yo salí de mi tierra y dejé hijos y mujer por servir a vuestra merced, creyendo sacar provecho y lograr la negra ínsula que me prometisteis. Pero, como la avaricia rompe el saco, en vez de la ínsula me pagáis abandonándome en este lugar desierto, poblado únicamente por un monstruo del infierno. Y, si no queréis desistir de luchar, al menos dejadlo hasta la mañana, que no falta mucho para que amanezca.

DON QUIJOTE:

No se ha de decir de mí que lágrimas o ruegos me apartaron de hacer lo que debía. Aprieta bien las cinchas a Rocinante y quédate aquí; que yo daré la vuelta presto, vivo o muerto.

SANCHO:

Sí, mi señor. *(Va a apretar las cinchas, pero, sin ser visto de don Quijote, con una cuerda ata las patas a Rocinante)*

DON QUIJOTE:

Quédate a Dios, Sancho amigo. *(Espolea al caballo, pero éste no puede moverse)* ¿Qué es esto?

Sancho:

Será, señor, que el Cielo, compadecido de mis lágrimas y plegarias, ha ordenado que no se pueda mover Rocinante, y si vos seguís espoleándolo será enojar a la Fortuna, y, como suele decirse, dar coces contra el aguijón.

Don Quijote:

(Espolea furiosamente a su caballo. Finalmente desiste) ¡Diablos! Ésta ha de ser obra de mi enemigo el mago Frestón, cuya envidia nunca descansa.

Sancho:

Lo mejor es que vuestra merced se apee y se eche a dormir sobre la verde yerba, para estar más descansado cuando llegue el día.

Don Quijote:

¿Qué dices, Sancho? ¿Soy yo por ventura de aquellos caballeros que toman reposo en los peligros? Duerme tú, que naciste para dormir, que yo haré lo que más convenga a mi condición.

Queda don Quijote sobre Rocinante.
Sancho, muerto de miedo ante el ruido que no cesa,
se acerca a él y se abraza a su muslo.

Sancho:

¿Qué cree vuestra merced que pueda ser ese monstruo o fantasma de los avernos?

DON QUIJOTE:

Sea lo que fuere, ardo en deseos de batirme con él. *(Se oye una pedorreta prolongada. Sancho tiene el rostro congestionado del esfuerzo por contener lo que parece incontenible. Don Quijote olfatea el aire)* Paréceme, Sancho, que te estás yendo.

SANCHO:

No, mi señor, si no me separo ni una uña de vos.

DON QUIJOTE:

No digo eso, sino que me parece que tienes mucho miedo.

SANCHO:

Sí tengo; mas ¿en qué lo nota vuestra merced ahora más que nunca?

DON QUIJOTE:

(Tapándose las narices) En que ahora más que nunca hueles, y no a rosas, Sancho.

SANCHO:

¿Huelo? ¿Yo huelo, mi señor?

DON QUIJOTE:

Apártate allá, Sancho, y de aquí en adelante ten más cuenta del respeto que me debes, que las confianzas que te he dado te han hecho tan desconsiderado conmigo.

Sancho:

No irá vuestra merced a decir que yo me he hecho lo que, créame vuestra merced, no me he hecho.

Don Quijote:

Mejor será no meneallo, Sancho. Y apártate allá donde hagas lo que sólo en soledad se hace.

Se aleja Sancho de su amo y se mete tras una roca. Le oímos esforzarse y lanzar suspiros de alivio mientras se va haciendo el oscuro total.

Tras un breve tiempo, se hace la luz, es decir, amanece. Don Quijote y Sancho miran a su alrededor y, a pocos pasos, pueden contemplar los mazos de un batán[1] golpeando el agua. Se miran el uno al otro. Sancho tiene los carrillos hinchados y está a punto de reventar de risa. Cuando ve que su amo empieza a reírse, estalla en carcajadas. Don Quijote ríe también con ganas. Ambos están un rato riendo y señalando para el batán, que tanto temor había causado a Sancho.

Sancho:

(Parodiando a don Quijote, cuando logra contener la risa) "Ah, Sancho, yo detendré la fiera que hace temblar el suelo. Yo voy a oscurecer con mi fama la de todos los caballeros andantes que me precedieron…"

Don Quijote:

(Enojadísimo, alza la lanza y golpea con ella a Sancho) Ven acá, señor alegre. ¿Te parece que si en

1.- Los batanes eran mazos de madera movidos por una rueda con el impulso de la corriente, que servían para desengrasar el paño y darle la forma deseada.

lugar de mazos de batán fueran éstos otra peligrosa amenaza, no habría yo demostrado el valor necesario para enfrentarme a ella? ¿Estoy yo obligado, como caballero, a distinguir los sonidos, y saber cuáles son de batán y cuáles no? Y si no, haz que estos batanes se conviertan en gigantes, y échamelos a las barbas uno a uno, o todos juntos, y si no los pongo a todos patas arriba, haz de mí la burla que quisieras, Sancho ruin.

SANCHO:

Ya basta, señor mío, confieso que me he burlado sin razón, y que de haber sido gigantes los batanes, en ninguna parte estaría yo más seguro que a vuestro lado.

DON QUIJOTE:

Bien está, Sancho. Y de ahora en adelante, procura no hablar tanto conmigo, que en ninguno de los libros de caballería que he leído jamás he hallado que ningún escudero hablase tanto con su señor como tú con el tuyo.

SANCHO:

No hablaré, mi señor don Quijote, que al buen callar llaman Sancho, y en boca cerrada no entran moscas, y uno es dueño de sus silencios pero siervo de sus palabras, y a buen entendedor pocas palabras bastan…

Don Quijote dirige una mirada furibunda a Sancho, que pone el dedo índice sobre su boca y hace gestos de enmudecer y no hablar más.

CUADRO QUINTO

❋ ● ❋ ● ❋

Posada en las cercanías de Sierra Morena.
Sale corriendo la sobrina de don Quijote perseguida
por el bachiller Sansón Carrasco, que intenta abrazarla,
pero es rechazado entre risas.

BACHILLER:
La razón de la sinrazón que a mi razón se hace, de tal manera mi razón enflaquece, que con razón me quejo de la vuestra hermosura.

SOBRINA:
Aunque no entiendo lo que dices, entiendo muy bien lo que mal haces, pícaro. *(Se quita de encima las manos del bachiller)*

BACHILLER:
¿Cómo puedo hacer yo mal a la que quiero tan bien?

SOBRINA:
Porque eres como el piojo, que si no pica no vive. ¡Y quietas las manos, bachiller Sansón Carrasco!

BACHILLER:
(Asediándola) Si yo te picara, no te rascarías.

SOBRINA:

Puede que no, pero tendría una hinchazón de nueve meses.

BACHILLER:

Dame, al menos, un beso inocente de enamorada.

SOBRINA:

¿Enamorada yo? Antes loca que enamorada.

BACHILLER:

Loco y enamorado son la misma cosa. Y yo estoy loco por ti, y estaré loco sin ti, y loco me volveré a mi casa, y loco esperaré por ti, y loco desesperaré…

Sale de la venta el señor cura.

CURA:

¿Dónde andáis vosotros dos, que hace rato que os busco y no os hallo? Andad dentro y poneos los disfraces, no sea que se presente nuestro Alonso Quijano, ahora llamado don Quijote de la Mancha, y nos desbarate el engaño para volverlo a su casa.

SOBRINA:

Quien viene por allá es Sancho Panza, su escudero.

CURA:

¡Guardaos, aprisa! ¡No conviene que os vea sino bajo el disfraz que hemos acordado! Entrad den-

tro y salid convertidos tú en la princesa Micomicona y tú en su paje.

BACHILLER:

Al momento.

CURA:

Buen Sancho, ¿dónde vas solo sin tu amo, el valeroso caballero don Quijote de la Mancha?

SANCHO:

Mi señor don Quijote queda en las montañas haciendo penitencia desnudo por su señora la emperatriz Dulcinea del Toboso, a quien llevo una
carta.

CURA:

¿Desnudo?

SANCHO:

Con todas sus partes al aire y haciendo cabriolas y
dándose cabezadas contra las peñas, que es lo que
suelen hacer los enamorados caballeros andantes.

CURA:

¿Y quién es esa Dulcinea del Toboso? Nunca oí su
nombre antes, ni que hubiera emperatrices en el
Toboso.

SANCHO:

En realidad es la hija de Lorenzo Corchuelo, Aldonza Lorenzo, de quien mi señor se ha enamora-

do hasta los tuétanos, y a la que venera y adora como a una diosa. Aunque yo sé bien que es moza tan recia y tan brava y tan de pelo en pecho que bien puede levantar en peso un gorrino con cada dedo.

CURA:

¿Y dices que a tan delicada doncella le llevas una carta de tu señor?

SANCHO:

Sí, señor cura, aquí la traigo. (*Se palpa el pecho y le cambia el color. Vuelve a palparse una y otra vez*) ¡Ay, triste de mí, que he extraviado la carta de mi señor amo! ¡Ay, ay, ay, desdichado! ¡Ay, desprevenido Sancho, y cuántas puñadas debías recibir por tan lamentable pérdida!

CURA:

¿Tan importante era esa carta, que la lloras tan lastimosamente?

SANCHO:

No, si lo que yo lloro es una orden, que venía con la carta, en que mi amo ordenaba se me entregasen tres pollinos por mis servicios. ¡Adiós pollinos de mi corazón...!

CURA:

Tranquilízate, Sancho. Que si tu amo te prometió los tres pollinos, ha de dártelos sin falta. ¿Recuerdas el contenido de la carta?

SANCHO:

Sí, señor cura, ce por be, que me la *deprendí* de memoria antes de partirme. Decía en el comienzo: "Altísima y sucedánea señora de mis pensamientos..."

CURA:

No diría sucedánea, sino soberana señora. Pero prosigue. ¿Qué más decía la carta?

SANCHO:

Pues... Ahora no se me recuerda nada más, que todo mi pensamiento me lo tiene sorbido la pérdida de los tres pollinos...

CURA:

Consuélate, Sancho, que aquí ves venir a la emperatriz del reino de Micomicón, que viene a solicitar la ayuda de tu señor don Quijote. Y bien puede, en agradecimiento a los servicios de tu amo, hacerle a él rey de Micomicón y a ti conde o marqués, y así tendrás todos los pollinos que se te antojen.

Llegan la sobrina y el bachiller, disfrazada ella con vestido principesco y cubierto el rostro con un velo, y él de paje, con barba y bigote postizos.)

SOBRINA:

(Con voz fingida y lastimera) ¿Eres tú el escuderísimo del valerosísimo caballero andante don Quijote de la Manchísima, cuyas hazañas le han hecho famosísimo como defensor de princesas apenadísimas?

SANCHO:

El mismísimo soy, dolorosísima señorísima, y a vuestros piesísimos me pongo para lo que quisierídimis. Que yo y mi señor quedamos servidorísimos de vuestra altísima señora.

BACHILLER:

Mi señora busca con gran desazón a vuestro señor para que libere su reino de Micomicón de un gigantón que le tiene sometido a gran opresión.

SANCHO:

Pues no tengan vuestras mercedes preocupación que, para gigantones, mi señor don Quijote es el más grande Quijotón, y para derribar a los tales gigantes le basta y le sobra con un capón. Que, con mi señor, no hay gigante que tenga *escapación*.

CURA:

(Cortando la burla) Bueno, bueno, no demoremos más y salgamos en busca de nuestro señor don Quijote.

Parten los cuatro. La sobrina y el bachiller marchan delante, hablándose en susurros disimulados y mirando hacia atrás entre risas.

SANCHO:

(Al cura) Y dígame vuestra merced, señor cura, ¿si mi amo libera el reino de Mermeladón del gigantazo ése, será emperador?

CURA:

Emperador o arzobispo, Sancho.

SANCHO:

¿Y a los escuderos de los arzobispos qué suelen darles?

CURA:

Pues alguna sacristanía, con la que se ganan buenos dineros.

SANCHO:

Para eso será necesario que el escudero no sea casado y sepa ayudar a misa, por lo menos. Y yo, ¡pobre de mí!, soy casado y, por no saber, ni leer ni escribir sé. ¿Qué será de mí si a mi señor don Quijote le da por ser arzobispo y no emperador?

CURA:

No tengas pena, buen Sancho. Que yo rogaré a tu amo, y se lo aconsejaré, que sea emperador y no arzobispo.

SANCHO:

Hacedlo, señor cura, y si llego a gobernador, he de nombraros a vos arzobispo de mi ínsula.

Salen de escena. Se hace el oscuro y cuando vuelve la luz vemos que ya han llegado nuestros cuatro amigos a donde se halla don Quijote, sobre una pelada roca. A sus pies está ahora de rodillas su sobrina en traje

de falsa princesa, y rodeándolos el cura,
el bachiller y Sancho.

SOBRINA:

No levantaré mi rodilla del suelo, señor Caballero de la andantísima caballería, si antes no me concedéis el favor que os pido.

DON QUIJOTE:

Yo os lo concedo, siempre que no sea en daño o deshonra de la dueña de mis pensamientos, mi señora Dulcinea del Toboso.

SANCHO:

Bien puede vuestra merced, señor, concederle el don que pide, que sólo es matar a un gigantazo, y ésta que lo pide es la soberanaza princesa Metomentodo, reina del reino Melocotón de Etiopía.

CURA:

(Corrigiendo) Princesa Micomicona, reina del reino Micomicón, mi señor don Quijote, que ha recorrido medio mundo para encontraros.

DON QUIJOTE:

Levantaos, señora, que yo os concedo lo que me pedís, si está en mi poder hacerlo.

SOBRINA:

Lo que os pido, señor, es que vengáis conmigo donde yo os lleve, y me prometáis no emprender ninguna aventura más hasta no haberme vengado de un traidorísimo gigante que tiene usurpadísimo mi reino.

DON QUIJOTE:

Tenéis mi palabra de caballero andante.

SOBRINA:

Gracias, señor don Quijote de la Mancha. ¡Oh, y qué afortunadísima soy! Ya siento que vuelvo a ser la dueña de mi reino, y sabed que mi señor padre dejó escrito que aquel que derrote al gigante, si quiere, puede casarse conmigo, y así será dueño de mi reino y de mi persona.

DON QUIJOTE:

Podéis disponer enteramente de vuestra persona, hermosa señora, porque yo no he de casar con otra que con mi señora Dulcinea del Toboso. Y pongámonos en camino cuanto antes, que ya deseo verme las caras con el cobarde gigante que os oprime y atormenta.

SANCHO:

(Llevando aparte a su amo) ¿Ha perdido el juicio vuestra merced, que rechaza casarse con tan alta princesa como ésta? ¿Piensa que ha de encontrarse en cada vuelta del camino con dos o tres *principazgos*, como para desechar éste? ¿Es más hermosa que ésta mi señora Dulcinea? No, por cierto. Y aun estoy por decir que no le llega a la suela del zapato. Así, ¿cómo voy a lograr yo mi ínsula? Cásese, cásese enseguida vuestra merced, y tome el rei-

no que le viene a las manos de bóbilis bóbilis, y cuando sea rey, hágame marqués, y caiga el diluvio después. Y, si tanto quiere a su Dulcinea, cásese primero con ésta y vuelva luego con aquélla, que reyes ha habido que han tenido dos y más esposas.

DON QUIJOTE:

Alto ahí, necio, bellaco, deslenguado, ¿no sabes que a mi señora Dulcinea le debo el valor de mi brazo, pues sin ella no sería yo capaz de matar una pulga? ¿Quién piensas que ha ganado este reino y cortado la cabeza de este gigante, y te ha hecho marqués, que todo eso lo doy ya por hecho, si no es el valor de Dulcinea, que hace todas estas hazañas a través de mi brazo? Ella pelea en mí, y vence en mí, y yo vivo y respiro en ella, y tengo vida y ser.

CURA:

Cálmese, mi señor don Quijote, y olvide su pendencia Sancho, que, aunque no haya bodas con la princesa Micomicona , bien puede ser que ésta, en premio de sus servicios, haga a mi señor marqués o arzobispo.

SANCHO:

¡No, señor cura, arzobispo no, acordaos de lo que me tenéis prometido! ¡Que no sé leer ni escribir, y estoy casado con Teresa Panza, de la nunca podría descasarme aunque quisiera!

Ríen el cura, el bachiller y la sobrina.
Se hace el oscuro.

CUADRO SEXTO

✻ ● ✻ ● ✻

Estamos ahora en la bodega de la venta,
una estancia que tiene en el fondo una hilera
de grandes odres de vino. Alumbra con un candil
Maritornes, una criada sobrada de carnes y menguada
de entendimiento, que acomoda a don Quijote
y los suyos para que pasen la noche.
También está un arriero que le pone ojitos y
alguna mano sobre las ancas a Maritornes.

MARITORNES:

Aquí podrán vuestras mercedes pasar la noche a cubierto. A falta de lechos, buenos les serán estos jergones que he preparado. Acomódense a su gusto y felices sueños tengan.

ARRIERO:

(Bajo) Felices los míos si los tengo contigo, cordera.

MARITORNES:

(Lo mismo) Cuando todos duerman, hazme sitio en el jergón. Verás si soy cordera o cabra montesa.

Al otro lado están el bachiller
y la sobrina hablándose en susurros.

BACHILLER:

¿Puedo esperar?

SOBRINA:

Nada prometo.

VENTERO:

(Asomando) Maritornes, ¿están los señores a su gusto? *(Gesto de la Maritornes)* Pues que tengan todos buena noche, y tú arrea a ayudar a tu ama, que no tiene siete manos.

Sale Maritornes mirando de reojo al arriero,
que le lanza un beso pícaro. También se va la sobrina
sonriendo al bachiller. Cada quien se acomoda
en su jergón, Sancho al lado de su señor don Quijote.
En un extremo duerme el cura y en el extremo
opuesto, el arriero y el bachiller.

DON QUIJOTE:

Sancho, aún no me has dicho cómo recibió mi carta mi señora Dulcinea.

SANCHO:

¿Vuestra carta decís?

DON QUIJOTE:

Sí. ¿Qué hizo con ella? ¿La besó? ¿La guardó junto a su pecho? ¿La regó con sus lágrimas?

SANCHO:

Pues… No la leyó porque no sabe leer ni escribir.

Pero me dijo que deseaba más verle a vuestra merced que leerle, puesto que leerle no puede.

DON QUIJOTE:

Y dime, Sancho, cuando te acercaste a ella, ¿no sentiste que te envolvía un perfume riquísimo y que su boca exhalaba un aroma a flores jugosas y frescas?

SANCHO:

Lo que sé decir, mi señor, es que sentí un olorcillo algo hombruno, a sudor rancio; y su boca echaba una peste a ajos que tiraba de espaldas.

DON QUIJOTE:

Eso debe de ser, Sancho, que mi enemigo el mago Frestón te ha nublado los sentidos, haciéndote ver a la bellísima Dulcinea como si fuese una basta campesina. Y también debe ser obra del mago que hayas podido ir y venir al Toboso en tan corto espacio de tiempo, que ha debido llevarte hasta mi señora y traerte hasta mí por los aires.

ARRIERO:

¡Shst!

SANCHO:

Durmamos, mi señor, que mañana quién dice si seremos marqueses o *duqueses* y pueda vuestra merced desencantar a su Dulcinea.

ARRIERO:

¡Shhhssssttt!

Se hace el silencio. Todos duermen, o lo parece.
Por un lateral llega Maritornes en camisón y
se dirige con sigilo hacia el jergón del arriero.
Por el otro lateral viene la sobrina, buscando
a tientas el catre del bachiller. Don Quijote siente
la cercanía de Maritornes, le palpa el cuerpo
y la coge de una mano. La sobrina llega al catre
del cura y le tienta. El arriero alza la cabeza
y otea la oscuridad como un perro de presa.
El bachiller hace lo mismo. Sancho ronca.

DON QUIJOTE:

> *(Teniendo de la mano a la Maritornes)* Alto, hermosísima señora, no sigáis adelante, que no podré satisfacer vuestros deseos, pues debo ser fiel a mi señora Dulcinea; *(Maritornes intenta soltarse de don Quijote, pero éste la retiene)* que, si no, sería de bobos no ver las gracias y las perfecciones de vuestro cuerpo y el placer que con él podría gozarse.

Maritornes vuelve a intentar zafarse, pero don Quijote
no suelta su presa. El arriero se ha ido acercando,
y, al oír las palabras de don Quijote, le suelta un brutal
puñetazo en la boca. Maritornes escapa y tropieza
con el cuerpo de Sancho, cayendo encima de él,
que se revuelve y lucha con el monstruo que,
con su peso, está a punto de asfixiarle. Entretanto
que esto sucede, la sobrina se ha metido en el jergón
del cura y éste, en sueños, la abraza y la acaricia,
y ella se deja. El bachiller se ha acercado
hasta ellos y al ver al cura abrazado a su amor,
le asesta un golpe que lo deja semiinconsciente.

DON QUIJOTE:

(Echando mano a su espada) ¿Gigantes a mí? ¿A mí giganticos y a tales horas? ¡Venid de uno en uno, o en tropel, que a todos pienso hacer pedazos!

Empieza a dar mandobles a diestro y siniestro.
Les abre la barriga a varios de los cueros de vino,
que sangran a chorro sobre el cura, que, ya despierto,
pelea a brazo partido con el bachiller, mientras
la sobrina intenta separarlos; también sangran
los gigantes sobre el arriero, Sancho y Maritornes,
que están enzarzados dándose golpes los unos
a los otros sin mirar a quién dan ni saber
de quién reciben. Se oyen bufidos, ayes,
exclamaciones, improperios, juramentos sordos
en medio de la oscuridad.

VENTERO:

(Llega con un candil. Todos paran de darse golpes y se miran unos a otros. El bachiller está sin la barba y el bigote postizos y tiene cogido del cuello al cura; la sobrina está sin velo y con el rostro descubierto zarandeando al arriero, que abraza a Maritornes. Don Quijote y Sancho no están) ¡Alto todo el mundo! ¡Qué alboroto y qué barullo es éste! ¿No miran que ésta es una posada decente? *(Ve los cueros de vino desangrándose)* ¡Mis odres! ¡Mi vino por los suelos!

CURA:

¡Dios mío!, ¿qué es lo que está ocurriendo? Esto parece obra del mismísimo demonio.

SOBRINA:

Señor cura, mi señor tío y su escudero Panza no están, ¡han huido!

BACHILLER:

Han debido conocer el engaño. Pero o yo no me llamo Sansón Carrasco, o juro que encontraré la manera de devolver al loco de mi señor don Quijote a su casa con los suyos.

VENTERO:

Pues ya que sois tan listo, señor, encontrad también la manera de devolver el vino a mis odres, o de pagármelo sin que falte un real.

CUADRO SÉPTIMO

✳ ● ✳ ● ✳

Don Quijote y Sancho cabalgan de nuevo,
lejos de la posada.

SANCHO:

Os digo, mi señor don Quijote, que la princesa Metomentodo y su paje no eran otros que la sobrina de vuestra merced y el demonio del bachiller Sansón Carrasco. Pude verlos, a pesar de lo oscuro, a él sin su barba postiza y a ella sin su velo.

DON QUIJOTE:

El mago Frestón no descansa, amigo Sancho. Si yo mato un gigante y libero a una princesa, él hace ver a todos que el gigante es molino, o pellejo de vino, y la princesa mi sobrina. Pero yo sé, en el fondo de mi corazón, lo que es verdad y mentira. El gigante es muerto y la princesa Micomicona liberada.

SANCHO:

Entonces, señor, ¿por qué no le habéis pedido que os haga marqués y a mí gobernador de una ínsula?

DON QUIJOTE:

Porque ahora el mago Frestón es quien dicta lo que la gente ve y oye; y bien pudiera ser, Sancho, el verte gobernador de una ínsula y en realidad estar gobernando sobre cerdos o sobre cabras que te parecerían personas como tú y como yo. Tales son los poderes de mi enemigo Frestón.

SANCHO:

¿Y es invencible el tal mago, mi señor?

DON QUIJOTE:

Tiempo llegará, Sancho, en que le arrebate su poder y el mundo vea las cosas no por sus ojos, sino por los míos.

Entra en escena, a caballo, un caballero que lleva una que parece vieja armadura, a la que, para darle mejor apariencia, le han pegado trozos de espejo que reflejan los rayos del sol como si salieran del propio cuerpo del caballero.

CABALLERO DE LOS ESPEJOS:

¡Nadie pase de aquí si no confiesa antes que mi señora Casildea de Vandalia es la más hermosa doncella que pisa con su delicado pie la corteza de este planeta!

DON QUIJOTE:

¿Quién sois, caballero, que así os cruzáis en nuestro camino?

CABALLERO DE LOS ESPEJOS:

Soy el caballero de los Espejos, que tengo la gloria de haber vencido al nunca antes vencido don Quijote de la Mancha.

DON QUIJOTE:

¿Decís que habéis vencido al mismísimo don Quijote de la Mancha?

CABALLERO DE LOS ESPEJOS:

Por otro nombre conocido como el Caballero de la Triste Figura. A quien perdoné la vida tras confesar que su Dulcinea del Toboso era la doncella más bella del mundo… después de mi señora Casildea de Vandalia.

DON QUIJOTE:

Ni aun en sueños juraría don Quijote eso que decís.

CABALLERO DE LOS ESPEJOS:

¿Y quién sois vos para afirmar eso?

DON QUIJOTE:

Yo soy el verdadero don Quijote de la Mancha, que os hará ver que soñasteis cuando creísteis haberme derrotado.

Don Quijote arremete al caballero, que, desprevenido, no tiene ni tiempo de defenderse y es derribado del caballo. Sancho corre hasta el caballero y le quita la visera de la celada. Sorpresa enorme de Sancho.

SANCHO:

¡Mirad, señor, es el bachiller Sansón Carrasco!

DON QUIJOTE:

¿Ves, Sancho, lo que pueden los hechiceros y encantadores?

SANCHO:

¡Clave vuestra merced la espada en la boca a éste que parece el bachiller Sansón Carrasco! ¡A lo mejor mata en él a su eterno enemigo el mago Frestón!

DON QUIJOTE:

Dices bien, Sancho, que de los enemigos los menos.

CABALLERO DE LOS ESPEJOS:

¡Deteneos, señor don Quijote, que soy Sansón Carrasco el bachiller, que he venido tras vuestros pasos acompañado de vuestra sobrina y del señor cura para haceros entrar en razón y volveros a vuestra casa!

DON QUIJOTE:

(*Está a punto de clavarle la espada, pero duda*) Todo tu mágico poder no te librará de morir si no juras que mi señora Dulcinea del Toboso es la dama más bella y mejor defendida por caballero andante.

CABALLERO DE LOS ESPEJOS:

¡Juro que vale más el zapato descosido y sucio de la señora Dulcinea que los pelos de la barba de mi Casildea! ¡Y juro que no hay caballero andante que os iguale en el mundo!

DON QUIJOTE:

Bien está. Podéis iros en paz.

El caballero monta en su caballo y se aleja.

SANCHO:

¿Por qué no le habéis matado, mi señor?

DON QUIJOTE:

Sancho hermano, a veces es mejor enseñar a ver a tu enemigo que arrancarle los ojos.

CUADRO OCTAVO

✳ ● ✳ ● ✳

*Por el camino viene el carruaje de los cómicos
ambulantes. En el pescante van maese Pedro,
el autor de la compañía, y Alonsillo, joven actor,
vestidos ricamente, el primero de duque y el segundo
de duquesa, con los trajes que usan para representar
su comedia. A pie viene, también vestido para
representar, el cómico Capriles, tocando una flauta.*

MAESE PEDRO:

¡Cesa de tocar, Capriles, que me aturdes!

CAPRILES:

¡Debo ensayar para no equivocarme con la melodía, maese Pedro!

MAESE PEDRO:

¡Prueba a tocarla en silencio y verás cómo te lo agradecen hasta los pájaros!

CAPRILES:

¿Cómo voy a tocar una melodía en silencio?

MAESE PEDRO:

Porque con sonido no la tocas, sino que la descalabras. Y baste. (*Al joven que va con él en el pes-*

cante) Y tú, Alonsillo, ¿piensas hacer el papel de duquesa con esas barbazas?

ALONSILLO:
No, en cuanto lleguemos al pueblo me las pelo.

MAESE PEDRO:
Pélatelas antes, no sea que los mozos del lugar hallen más gusto en aplaudir tus barbas que nuestra comedia.

Entran don Quijote y Sancho.
Maese Pedro detiene el carruaje.
Alonsillo se tapa las barbas.

MAESE PEDRO:
¿Quiénes son y adónde se dirigen vuestras mercedes?

DON QUIJOTE:
Don Quijote de la Mancha soy y éste mi escudero Sancho, que vamos por el mundo en busca de aventuras para ayudar a quienes lo necesiten.

MAESE PEDRO:
(Bajando del pescante) ¿Don Quijote de la Mancha y su escudero Sancho? ¿Es cierto eso? ¿El valerosísimo caballero andante y su graciosísimo y leal escudero es posible que estén aquí ante mi vista?

DON QUIJOTE:
Sí. ¿Habéis oído hablar de nosotros?

MAESE PEDRO:

Oído y leído. Que vuestras andanzas ya andan impresas en libro para ejemplo y entretenimiento de todos.

DON QUIJOTE:

¿Tanto ha corrido ya nuestra fama?

MAESE PEDRO:

Tanto y más.

SANCHO:

¿Y dice ese tal libro si lograré o no gobernar mi ínsula?

CAPRILES:

(Quitándole la palabra a maese Pedro) No, pero os muestra con cualidades para gobernar, no una ínsula, sino un imperio o dos. Precisamente mi señor el duque *(señala a maese Pedro)* estaba pensando a quién regalarle una de las muchas ínsulas que le sobran… Y vos llegáis al pelo.

ALONSILLO:

(Siguiéndole el juego a Capriles, habla con voz femenina) Mi señor esposo, el duque de Malinconia, se sentiría muy honrado si aceptarais ser el gobernador de su ínsula llamada Barataria, caballero Sancho Panza. ¿No es así, amado esposo? *(Maese Pedro, enfadadísimo, no acierta a decir palabra)*

SANCHO:

¿Oís lo que yo oigo, mi señor don Quijote?

DON QUIJOTE:

¿Lo ves, hombre de poca fe, cómo todo llega en esta vida?

MAESE PEDRO:

(Aparte a Capriles y a Alonsillo) ¿Se puede saber qué pretendéis, pícaros?

CAPRILES:

Divertirnos un poco, maese Pedro, a costa de este par de ingenuos.

ALONSILLO:

Que sean por una vez ellos los actores y nosotros los espectadores.

MAESE PEDRO:

Os advierto…

ALONSILLO:

(Sin hacer caso a maese Pedro, se planta de rodillas ante don Quijote) Valerosísimo caballero don Quijote de la Mancha, me pongo a vuestros pies para suplicaros me libréis del encantamiento a que me tiene sometida el mago Malambruno y que sólo un caballero como vos puede deshacer.

DON QUIJOTE:

Señora, mi brazo sólo desea serviros. Decid qué encantamiento es ése para que yo sepa lo que debo hacer.

ALONSILLO:

(Descubre su rostro barbudo) Ved en qué selva oscura ha encerrado el mago Malambruno la belleza de mi rostro. Para liberarlo es preciso que un caballero y su escudero viajen al reino de Candaya, que está a más de cinco mil leguas de aquí, en busca de una flor que tiene la virtud de quitar para siempre los pelos que afean el rostro y otras partes del cuerpo de las doncellas.

SANCHO:

Pues si esa flor es así, yo me la quiero para mí, que buenos dineros podré ganar con ella, y mejor que con el bálsamo aquel del Feo Blas.

DON QUIJOTE:

Cállate, Sancho. Mi escudero y yo estamos dispuestos a serviros. Mas no sé cómo podremos llegar hasta el tan lejano reino de Candaya.

CAPRILES:

Eso no os inquiete, señor don Quijote. Dejad que os vendemos los ojos a vos y a vuestro escudero, y al punto acudirá por los aires el caballo Clavileño, que es un caballo alado, y que os transportará hasta el reino de Candaya en un decir amén.

SANCHO:

¿Yo montado en un caballo medio pájaro? ¡Ni en sueños! Que siempre he vivido pegado a la tierra, y en ella descansaré cuando me muera.

ALONSILLO:

Sabed, señor Sancho, que quien aspire a gobernar rectamente la ínsula Barataria debe cabalgar al menos una vez sobre el caballo Clavileño, porque así verá las cosas de la tierra desde lo alto y aprenderá a distinguir mejor lo justo de lo injusto.

SANCHO:

¿Veré con los ojos vendados?

ALONSILLO:

Veréis con los ojos del entendimiento, que ven más que los del rostro.

SANCHO:

En fin, si el Cabileño ése viene con ínsula, haré de tripas corazón, que dádivas quebrantan peñas y las penas con pan son menos y Dios aprieta pero no ahoga...

DON QUIJOTE:

Ya basta, Sancho, que estarás un siglo ensartando refranes. Estamos a vuestra disposición, señora.

ALONSILLO:

(*A maese Pedro*) Esposo mío, os cedo el honor de vendar los ojos de nuestros amigos.

Maese Pedro lo hace a regañadientes.
Alonsillo y Capriles se apresuran a traer
un caballete que llevan en la parte trasera
de su carruaje, sobre el que harán subir a Sancho
y don Quijote, a quien ponen en las manos
una cuerda como si fuera la rienda.

CAPRILES:

Suban sin miedo vuestras mercedes, que este caballo es tan firme como la misma tierra, y atravesará los vientos y las tempestades como si no se hubiera movido del sitio.

SANCHO:

¡Ay, mi señor, que ya me están dando mareos! ¡Que yo y las alturas nunca hicimos buenas migas!

DON QUIJOTE:

No temas, Sancho, que más peligros hay en la tierra que en el cielo.

Alonsillo ha descorrido la cortina que cubre
el lateral del carruaje, y aparece una escenografía
apropiada para representar las escenas de la ínsula
Barataria. Dentro del carruaje dormitan un par
de cómicos más, a los que Alonsillo dará instrucciones
de lo que deben hacer. Despliegan decorados, ponen
una escalera para subir al carruaje, instalan un sillón
en su centro para que se siente Sancho.
Entretanto, Capriles ha convencido mediante
gestos a maese Pedro para que colabore. Sacan
unos grandes fuelles, una lámina de hojalata para

*producir ruido de truenos, una vasija con agua,
encienden unas antorchas, etc. Es la magia del teatro
que se muestra desnuda a quien puede verla.*

CAPRILES:

¡Ya suben! ¡Ya suben vuestras mercedes! ¡Ya rozan las nubes! (*Les salpica el rostro con agua, mientras dos cómicos accionan los fuelles*)

SANCHO:

¿Cómo, señor, si estamos tan alto, oímos sus voces como si las tuviéramos pegadas a la oreja?

DON QUIJOTE:

Debe ser, Sancho, que los fuertes vientos que por aquí soplan nos las traen en volandas.

CAPRILES:

¡Oh, oh, se están aproximando mucho al sol! ¡Quedarán chamuscados! (*Les pasan cerca del rostro las antorchas*)

SANCHO:

¡Ay, ay, que me abraso!

MAESE PEDRO:

¡Pero se acerca una tormenta! (*Hace sonar la lámina metálica. Ruido de trueno. Arrojan agua sobre don Quijote y Sancho, que quedan empapados*) ¡Salvados de morir achicharrados!

Capriles pone en manos de don Quijote una flor.

DON QUIJOTE:

Sancho amigo, creo que ya tengo la flor que buscamos.

ALONSILLO:

(Que vuelve de detrás del carro, donde se ha afeitado, todavía con el rostro tapado) ¡Oh, mirad, ya regresan nuestro caballero y su escudero, y trae la flor que me ha de desencantar!

MAESE PEDRO:

(Ayuda a descender del caballete a los dos jinetes. Un cómico esconde el caballete) Bienvenidos a mis dominios de la ínsula Barataria. *(Y les quita las vendas)*

DON QUIJOTE:

Señora, he aquí la flor que me pedisteis.

Entrega la flor a Alonsillo que la acerca
a su rostro, deja caer el paño que lo cubre y aparece
completamente rasurado. Don Quijote y Sancho
abren la boca con admiración.

ALONSILLO:

Seré vuestra humilde servidora mientras viva, caballero.

MAESE PEDRO:

Y ahora, señor, vuestro escudero tomará posesión como gobernador de esta ínsula.

SANCHO:

(Con incredulidad) ¿Esto es ínsula?

CAPRILES:

(Llevándoselo hacia el carruaje) Y debéis resolver de inmediato algún pleito de vuestros gobernados, que ya esperan impacientes vuestra justicia.

DON QUIJOTE:

Dejadme que antes le hable a mi escudero unas palabras. Escucha, buen Sancho: pues vas a ser gobernador de hombres, sigue estos consejos y no te arrepentirás. Primero: no creas que el título hace al hombre, pues el que no es bueno por sí, no lo será aunque le nombren emperador del mundo. Segundo: pues tu cuna fue pobre, no mires nunca a los pobres por encima del hombro, sino como a iguales. Tercero: no dejes jamás que el dinero mande sobre ti, sino la justicia. Y cuarto: sé implacable con el delito, pero compasivo con el delincuente, que muchas veces se ve empujado al delito por la necesidad. Con esto y con mi bendición, parte al gobierno de tu bien ganada ínsula.

SANCHO:

Gracias, mi señor don Quijote, tendré en cuenta cuanto me habéis dicho.

MAESE PEDRO:

¿Queréis acompañarme vos y así podremos conversar sobre el arte de la comedia, en el que sé que sois gran entendido?

DON QUIJOTE:

Con mucho gusto.

> *Maese Pedro se lleva a don Quijote.*
> *Suben a Sancho al carruaje, le ponen una amplia y rica*
> *capa y un vistoso gorro, y lo sientan en el sillón.*
> *Inmediatamente se oyen gritos desaforados de*
> *una mujer. Entran por un lateral Alonsillo, disfrazado*
> *de pastora, y uno de los cómicos, de ganadero.*

PASTORA:

¡Justicia, señor Gobernador, justicia, y si no la en-
cuentro en la tierra iré a buscarla al cielo! ¡Este

hombre que aquí veis me ha sorprendido en mitad del campo y ha abusado de mí y me ha robado los ahorros de veinte años, que es como decir que me ha robado los dos únicos tesoros que yo poseía: mi virginidad y el fruto de mis trabajos!

SANCHO:

(Al ganadero) ¿Qué tenéis vos que decir a esto?

GANADERO:

Yo, señor, soy un pobre ganadero, que venía del mercado de vender cuatro puercos. Me encontré a

ésta en el camino, echóme el anzuelo y el diablo quiso que nos acostáramos juntos. Le pagué, y como no le pareció bastante, me agarró por la pechera y no paró hasta traerme aquí. Dice que la forcé, pero miente, que más fuerza tiene ella en un brazo que yo en todo mi cuerpo.

SANCHO:

Buen hombre, ¿traéis algún dinero encima?

GANADERO:

Esta bolsa de cuero con veinte ducados.

SANCHO:

Dádsela a la mujer.

PASTORA:

¡Ay, señor, que Dios bendiga a vuestra merced, que así cuidáis de las pobres mujeres débiles e indefensas! ¡Viváis muchos siglos y gobernéis otros tantos!

SANCHO:

(Una vez que la pastora ha salido, al ganadero) Corred tras ella y arrebatadle la bolsa.

El ganadero lo hace. Al poco, vuelve la pastora agarrando por el cogote al ganadero con fuerza.

PASTORA:

¡Mire vuestra merced, señor Gobernador, la poca vergüenza y el poco temor de este desalmado, que

ha querido en mitad de la calle quitarme la bolsa
que vuestra merced le mandó darme!

SANCHO:

¿Y os la ha quitado?

PASTORA:

¿Cómo quitar? ¡Antes me dejara yo quitar la vida
que me quiten la bolsa! ¡Bonita es la niña! ¡Otros
gatos me han de echar a las barbas, y no a este des-
venturado y asqueroso! ¡Tenazas y martillos no serán bastantes a sacármela de las uñas, ni aun garras
de leones, que antes me sacan el alma del cuerpo
que la bolsa!

SANCHO:

Dame esa bolsa, honrada y valiente mujer. *(La pastora se la da)* Y escucha: si hubieras puesto el mismo valor y coraje en defender tu cuerpo que el que
pusiste en defender la bolsa, ni Hércules te podría
forzar nunca. Vete de aquí, mujerzuela, y no vuel-
vas por esta ínsula si no quieres sufrir doscientos y
más azotes. *(La pastora se va. Al ganadero)* Buen
hombre, andad con Dios, y de aquí en adelante, si
no queréis perder vuestro dinero, no lo gastéis con
mujeres de mal vivir.

GANADERO:

Gracias, señor, muchas gracias. Que Dios os haga
gobernador eterno de esta ínsula.

Se va el ganadero. Capriles y otro cómico aplauden,
lo que mosquea a Sancho.

SANCHO:

¿No es hora ya de comer?

CAPRILES:

No, mi señor. Antes tenéis que resolver un enigma que nadie ha sabido resolver, pero que vos, con vuestra prudencia y sabiduría, seguro que sí acertáis.

SANCHO:

Veamos de qué se trata.

Entra el cómico que antes hizo
de ganadero disfrazado de otra manera.

CÓMICO:

Señor Gobernador, a la entrada de esta famosa ínsula de Barataria hay un puente y todo el que pasa por él debe decir adónde va y a qué, y al que dice la verdad se le permite pasar, y al que miente se le condena a la horca.

SANCHO:

Ahora entiendo aquello de que la mentira mata. Proseguid.

CÓMICO:

El caso es, señor, que no sabemos qué hacer ante lo que respondió cierto caballero al ser preguntado que adónde iba y a qué.

SANCHO:

¿Y puede saberse qué respondió?

CÓMICO:

Dijo: "a morir en la horca". Y el caso es, señor, que si muere en ella habrá dicho verdad, y entonces debería pasar el puente; pero si pasa el puente, habrá mentido, por lo que debería morir en la horca. ¿Qué resolvéis vos que se haga, señor?

SANCHO:

(Reflexiona unos instantes) Lo que resuelvo es… *(Todos aguardan expectantes)* que de este hombre, la parte que dijo verdad la dejen pasar, y la que dijo mentira la ahorquen, y de esta manera la ley quedará cumplida.

CÓMICO:

Pues, señor gobernador, será necesario que el tal hombre se divida en partes, la mentirosa y la *verdadosa*; y si se divide, por fuerza ha de morir, y así la ley no podrá cumplirse.

SANCHO:

(Levantándose y bajando las escaleras hasta el cómico) Venid acá, charlatán, enredador, y oídme bien lo que digo: si hay tantas razones para que viva este hombre como para que muera, la justicia debe absolverle y no condenarle, porque, como me aconsejó mi señor don Quijote, mejor es hacer el bien que el mal, y en caso de duda antes la justicia debe compadecer que condenar. *(Quitándose la ca-*

pa y el gorro) ¡Y baste ya de gobiernos ni de ínsulas ni de comedias, que no ha nacido hijo de vecino para burlarse del hijo de mi madre!

DON QUIJOTE:

(Que llega ahora junto a maese Pedro) ¿Qué ocurre, Sancho? ¿Qué voces son ésas?

SANCHO:

Señor, vayámonos de aquí, que temo que el suelo que pisamos no es ínsula, ni éstos son duques, ni yo gobernador, sino figura de una comedia de teatro para hazmerreír de pícaros y desalmados.

DON QUIJOTE:

¿Acaso se han burlado de ti estas señorías?

SANCHO:

No podría jurarlo, mi señor, pero tengo todo el rato la mosca detrás de la oreja si esto es encantamiento o burla, o qué sé yo.

DON QUIJOTE:

Calma tu enojo, Sancho. Y piensa que la vida es un teatro donde a cada uno nos toca hacer bien nuestro papel. Yo, el de caballero andante; tú el de mi escudero y el de gobernador de la ínsula.

SANCHO:

De mi papel de escudero no tendrá queja mi señor don Quijote; y en cuanto al de gobernador, digan estas señorías si he cumplido honradamente o no.

Que lo que yo sé decir es que desnudo vine y desnudo me hallo, ni pierdo ni gano, sin blanca entré en este gobierno, y sin ella salgo, bien al revés de como suelen salir los gobernadores de otras ínsulas. Pero, en fin, más prefiero mi pobre libertad por esos campos de Dios que la sujeción del gobierno en palacios y castillos. Y…

Llega de pronto un caballero armado de punta en blanco, con una luna pintada en el escudo.

CABALLERO DE LA BLANCA LUNA:

¿Quién es aquí el famoso caballero don Quijote de la Mancha, cuya fama se extiende por todo el mundo?

DON QUIJOTE:

Yo soy. ¿Quién es el que así me habla?

CABALLERO DE LA BLANCA LUNA:

Yo soy el caballero de la Blanca Luna, que vengo a pelear con vos para que declaréis que mi dama, cuando la tenga, será siempre más bella que la vuestra. Y para que juréis que, si os venzo, os retiraréis a vuestra casa, dejando para mí toda la gloria y la fama de la andante caballería. Pero si sois vos quien me vencéis, podréis añadir a vuestras hazañas las que yo he realizado y que son innumerables.

DON QUIJOTE:

Caballero, ni sé quién sois ni si habéis hecho hazaña alguna. Yo sí sé quién soy y mis obras ya corren escritas por el mundo. En cuanto a jurar que vuestra dama, que no tenéis, es más bella que la mía, sería locura, y yo estoy en mi sano juicio. Pero si queréis luchar, aquí está don Quijote, que os derribará del caballo y de vuestra soberbia.

CABALLERO DE LA BLANCA LUNA:
Eso ha de verse. Aquí está mi lanza.

Monta don Quijote a Rocinante, toma distancia del Caballero de la Blanca Luna y ataca. El Caballero de la Blanca Luna lo derriba del caballo.

CABALLERO DE LA BLANCA LUNA:
(Con la espada en el cuello de don Quijote) Vencido sois, caballero, y aun muerto si no juráis lo prometido.

DON QUIJOTE:
¡Dulcinea del Toboso es la más hermosa mujer del mundo, y yo el más desgraciado caballero! Mátame, caballero, quítame la vida, que ya no merezco vivirla.

CABALLERO DE LA BLANCA LUNA:
Me basta con que volváis a vuestra casa y no salgáis en busca de aventura hasta que pase un año.

DON QUIJOTE:
Todo lo prometo y juro, menos que haya en el mundo mujer más bella que Dulcinea.

CABALLERO DE LA BLANCA LUNA:

No la habrá si vos no queréis. Pero dejad las armas y vivid en paz y sosiego en vuestra casa y con vuestra familia hasta que yo os autorice otra vez a ser caballero andante.

SANCHO:

(Arrodillado junto a don Quijote) ¡Mi señor...! ¿Tenéis algo roto?

DON QUIJOTE:

¡El alma, buen Sancho, el alma tengo hecha pedazos! ¡Aquí se acaba el andante caballero don Quijote de la Mancha! ¡Ay!

MAESE PEDRO:

(Que ha acudido, junto a los cómicos, al lado de don Quijote) No digáis eso. Nuestro señor don Quijote no puede acabarse, pues vive en todos nosotros y vivirá para siempre en lenguas de la Fama. *(Ofrece un libro a don Quijote)* Tomad, ésta es vuestra historia, la del famoso hidalgo don Quijote de la Mancha y su escudero Sancho.

Don Quijote extiende la mano para coger el libro, pero se desmaya. Maese Pedro se lo tiende a Sancho, que lo recoge entre lágrimas. El Caballero de la Blanca Luna se quita la celada y vemos el rostro del bachiller Sansón Carrasco, que, como todos, contempla apenado a Don Quijote.

CUADRO NOVENO
Y ÚLTIMO

✳ • ✳ • ✳

Estamos otra vez en los aposentos de don Quijote.
No hay rastro de libros, ni en las estanterías
ni en ninguna parte. Don Quijote está en su lecho,
rodeado por su sobrina, el cura y el bachiller Sansón
Carrasco. Todos tienen un aire triste y compungido.
La sobrina se enjuga disimuladamente las lágrimas
con un pañuelo que esconde en su delantal.
El cura habla en susurros al bachiller. Llega
Sancho con un libro en la mano al tiempo
de oír las palabras de don Quijote.

DON QUIJOTE:

Sobrina mía, bachiller Sansón Carrasco, señor cura, oídme: ya no soy más don Quijote de la Mancha, sino Alonso Quijano, y me son odiosas todas las falsas historias de la andante caballería. He sido un necio y un loco al creer en ellas, y me arrepiento. *(Ve a Sancho)* Sancho hermano, me muero. Perdóname por hacerte caer en el error de que hubo y hay caballeros andantes en el mundo.

SANCHO:

(Llorando) No se muera vuestra merced, señor mío, sino tome mi consejo y viva muchos años; porque la mayor locura que puede hacer un hombre en esta vida es dejarse morir, sin más ni más y sin que nadie le mate. Si se muere de pena por verse vencido, écheme a mí la culpa, diciendo que por haber cinchado yo mal a Rocinante le derribaron; además que vuestra merced habrá visto en sus libros de caballerías que es cosa normal que los caballeros se derriben unos a otros, y que el que es vencido hoy salga vencedor mañana…

DON QUIJOTE:

Es inútil, buen Sancho. Siento que me acabo. Fui loco y ya soy cuerdo: fui don Quijote de la Mancha y soy ahora Alonso Quijano el Bueno, como antes, y sólo quiero quedar en paz con Dios y con los hombres.

SOBRINA:

(Reprime un hondo sollozo) ¡Ay, mi señor tío, que se nos va!

SANCHO:

(Acercándose al lecho) ¡Pero qué dice mi señor! ¡Qué ha de ser Alonso Quijano, ni Quijada, ni Quesada, ni nada de eso! ¡Don Quijote de la Mancha sois, mi señor! Y, si no, ved aquí este libro, mi señor don Quijote, es la historia del más famoso caballero andante que vio la andante caballería. Leed en él, mi señor, y veréis que don Quijote de la Mancha existe, y si existe es que vuestra merced no puede morirse. Leed, mi señor, leed. *(El cura hace el gesto de apartar a Sancho del lado de don Quijote, pero la sobrina se lo impide)*

DON QUIJOTE:

(Incorporándose con esfuerzo, lee) "En un lugar de la Mancha, de cuyo nombre no quiero acordarme..." *(Don Quijote cae sobre la almohada, muerto. El cura, la sobrina y Sansón Carrasco se arrodillan)*

SANCHO:

(Que no se ha dado cuenta o no quiere dársela, recita de memoria, con pasión) "no ha mucho tiempo vivía un hidalgo de los de lanza en astillero, adarga antigua, rocín flaco y galgo corredor... *(Mientras Sancho dice esto va haciéndose el oscuro final)*

FIN

❋ ● ❋ ● ❋